U0023912

簡政珍◎著

簡政珍詩集

所謂情詩

自序　所謂情詩

為了結集，我調動了所有出版過的八本詩集，才發現竟然寫了這麼多的「所謂情詩」。過去我的詩大都是對現實人生的意象思維，情的世界當然也是一種現實，但畢竟是比較侷限的「小我」，跟眾多人的生活情境無關。也許是基於這樣的看法，我對於詩市上大部分的情詩，總覺得是一種黏滯無法自拔的心情，透過「思念」，「想念」，「愁緒」，「愛恨情仇」等等抽象語煽動情緒。許多年輕人情竇初開，經常沈溺於這種張口見喉式的言語。但是，當我們沈潛心靈、沉澱情緒，我們發現許多情詩，讀了之後，覺得很不好意思看到作者的名字和臉孔，因為我們似乎感覺冷風過境，皮膚瞬間起了漣漪。

我們能不能傳達愛，而文字不寫愛？以意象的無言，取代言語的吆喝，以盡在不言中的情感取代情緒？我們能不能把嘴巴宣示的「想念」寫成：「把一切刻入唱片的溝痕／使妳每次聽這首曲子／都聽我製造回音」，把「思念」寫成「水鳥驚起的剎那／妳的音容逐波而來／塗染一湖的秋」？我們能不能把那些黏膩嬌柔的形容詞「美麗的」，「溫馨的」，「憂愁的」、「甜蜜的」，「嬌羞的」變成堅實的意象或是放入意象的情境，如「從焚燒的歷史／看到妳泛紅的雙頰」？甚至，濫情的

形容詞因為跳出慣性思維，已經不再濫情：「橫亙於知性辯證的／仍是濫情的／春花秋葉」。

我們能不能以「如何以口沫／添加彼此的默契」取代「接吻」？當然詩行中的意象不僅是「接吻」，而是對接吻本身的一種嘲弄。詩貴在隱約，有趣的是意象卻是以具象讓人感受到情的隱約。「我愛妳」事實上非常抽象，意象所表達的情感更具體，更讓人身歷其境。當然「愛」是情詩存在的理由，也許我們可以脫離「我愛妳」的語境，以另一種變貌讓「愛」得以脫胎換骨，如「有蚊子纏身，在耳際／低吟一種／癢癢的愛」。

情詩加上「所謂」，意味雖然在寫情詩，卻又對寫情詩這個動作打了一個問號。以讀者的眼光來說，他可能覺得在讀一首情詩，但瞬間又閃現疑問，「這是情詩嗎？」展現情詩的雙重視野，是這本詩集最重要的標記。好似寫詩人或是詩中人在投入情詩的情境中，又瞬間自覺這種情境的窘迫與尷尬，因而又自我抽離後對情境的揶揄。情人是愛的對象，但「妳的心事像青苔／經常讓我滑倒」；對約會充滿期盼，但期盼的同時又預感，「妳將戴著遮蔽時間的面具／……／讓我在逐漸老花的視野裡／看到妳春光乍現的／幾根白髮」；送別情人後，回來落寞的感受竟然化成這樣的意象：「突然，冰箱聲音大作／原來，妳走後／裡面的食物已空」。愛的語言更是「所謂」愛的語言。語言經常在「說」與「不說」、「是」與「不是」間擺盪：「囚禁在口齒之間的／是否有反芻的餘香／總在吞吐之間／變成室內的沈默／由眼神做註腳」。語言所謂的知與不知

糾纏不清：「夏季裡，妳的言語如蟬聲／『知了知了』是不知
了」。而男女海誓山盟後，「所有的語言沉默如腳下／堅實卻
已鬆動的／石頭」。

所謂情詩，是對情致意，又對這個致意另有別情。也許正面投
注的情意在潛意識裡迂迴，而在表象純淨的空間裡，以另一個
角度看到光影裡詭異的微塵。人生並不是詞彙的套語，反諷不
是一切的定義。但所謂情詩是在舒展情時，又覺得情化成多種
面目，和情詩原有五官迥異。所謂情詩是情詩，也是情詩的諍
友。所謂情詩是情詩，也是情詩偶而扮演的黑臉。因為「所謂
情詩」，情詩轉化成另一個層次的生命。

這本詩集是目前所有詩集裡「所謂情詩」的結晶。大體上，第
二輯的「西窗話舊」大都來自於《浮生紀事》，第三輯「海誓
山盟」的主體來自於《季節過後》，第四輯「讀信回信」的主
體是《意象風景》，第五輯「欲語還休」的主體是《放逐與口
水的年代》，第六輯「昨日今日」的主體是《紙上風雲》，第
一輯「四點鐘的約會」的主體是《失樂園》與《放逐與口水的
年代》。《爆竹翻臉》與《歷史的騷味》裡的詩作則零零散散
出現於各輯。除此之外，第一輯的〈東半球西半球・南半球北
半球〉是新作，第五輯的〈欲語還休〉，〈天地間的盟約〉，
〈心有千千結〉，〈心靈的軌跡〉，〈浮生紀事〉，〈明暗交
替的日子〉，〈泡沫中的仰望〉，〈青苔說了什麼〉，〈春光
乍現〉，〈等妳來赴約〉，〈暗渡陳倉〉，〈潮濕的往事〉雖
然是舊作，卻從未結集。由於創作時間綿延二十多年，語言風
格略有演變，但「所謂情詩」的意象思維始終如一。是為序。

目次

第一輯

四點鐘的約會

四點鐘的約會

四點鐘的時候
妳將撥弄這一條街道的風沙
妳將加速交通號誌的閃爍
妳將抖落
我們心中累積的微塵

四點鐘的時候
妳將帶著遮蔽時間的面具
讓我看不到快速移動的日影
讓我在逐漸老花的視野裡
看到妳春光乍現的
幾根白髮

當鬧鐘與夢約會

當鬧鐘與夢約會
我走進妳心情的海灘
潮汐打濕翻白的褲管
鳥聲帶走鹹濕的氣味
日子的點滴是消散的浪花
我在無止境的黑夜等待妳的笑意
鬧鐘的呼喚已瘖啞

當車身——拋棄風景
速度和歌聲迷惑方向盤的轉向
窗外是默然無語的天色
旅途是電線丈量的心路歷程
回首是路邊拋棄的輪胎
前瞻是稻田焚燒的落日
這時妳聽到
夢中鬧鐘的呼喚嗎？

當我在夢中將心情留給童年
河川倒溯至高山的雪原

一隻飛鷹在天邊尋找歸宿
一頭犛牛在湖邊顧影自憐
一列火車開進朦朧的戰火
一張虎皮進佔一個華麗的客廳
一個老鐘在沾染血跡的五斗櫃上
滴答

試　裝

服裝部大拍賣
妳門裡門外進出
表現各種身段
對著鏡子
排演春夏秋冬
已好久沒有如此真切看妳
赫然發現妳臉上的皺紋
竟以為
鏡子有了裂痕

醋罐子

妳打開罐子
為這沉靜的午後
加一點作料

這時雷轟隆響起
這一道菜又鹹、又辣、又酸
分不清是腸胃不適
還是心絞痛

未給我處方
妳就閃電消失

午茶之後

拿起杯子
杯底昨天的茶漬
還在回味去年反常的冬天
發現杯角有一個意外的缺口
我想到妳銳利的口齒

去年林木中擺盪的吊床
也因為妳而斷了線索
我們在暈眩中
感受藍天白雲的危機
還未翻紅的樹葉
匆匆掉落
急著送走妳的身影

而今年的新春
妳仍在山水中描繪人事風景
在清冷的山泉中
為我們刺痛的足踝佈局後
妳以昏黃的天色

催促身陷車陣的救護車
來急救我心裡的創傷

鏡　前

在晦澀的燈光下
浮現的那一張臉
看穿妳的曖昧
一張不願看到自己皺紋的臉
儘量迴避
鏡子逼人的目光

妳偷窺一下
時光含糊的肉身
刻意抹平表情
直到第一線晨光
潛入牆角
妳急忙抓取衣物
倉皇而去
留下我滿腦子的
皺紋

尾　音

午夜，妳的聲音在牆角迴旋
餘音，絨布沙發吸不盡
妳故意在梳妝臺上
留一卷錄音帶
意圖以大動態的音壓
驚動我的耳膜

但我已不再損傷
我不曾錄下
任何人間的音影
也聽不到「命運」的扣訪
遠古漫遊的霧已歸來
我在昏茫的街燈裏
看到妳無聲地
撞倒一列盲目火車

當大腦需要動手腳的時候

當大腦需要動手腳的時候
演講會堂上布條的文字
看不出象形文字的軌跡
妳灰色的髮絲
原來是殘缺的童年
還在眺望崩塌的遠山

妳能跨越那條眉宇間的鴻溝嗎？
妳鼻梁上眼鏡折射的夕陽
映現在溝渠停滯的水流上
這時邁開的腳步
是否長了濃瘡？
蒼蠅圍著西瓜嗡嗡作響
季節不因雷雨帶動寒流的走向
火紅的季節
感染旅人的行腳
和翻滾的黃沙

語　言

囚禁在口齒之間的
是否有反芻的餘香
總在吞吐之間
變成室內的沈默
由眼神做註腳

信紙的線條
難以規畫文字跨大的步幅
字體歪斜的形狀
遮掩真正的步履
唯恐拂曉的晨光
照穿塗改過的足跡

人說，歧義是一種美德
我躲在歧義裏
製造歧義

化　身

之一

四月不是殘忍的季節
去年流行感冒的病毒
已經甦醒，夾雜雨絲
給春天留下一點濕意，滋潤
心田裡躲躲藏藏的種子

種子發芽時
打開心窗，迎接
鏡子裡灼熱的眼神
是否要讓
病菌為情感加溫？
不，我還是在這杯水的倒影中
品嚐妳清涼的化身

之二

假如妳化身成為一個杯子
我將以妳曼妙的輪廓
面對這乾旱的時節
我將以胸中蕩漾的水聲
填滿妳的虛空

假如妳以化身
潤濕我教室裡的回音
我的書寫將沾染水漬
我在黑板塗寫的文字
將有雙重影像
一個在窗外觀照
微風忽隱忽現的面容
一個在雲端
追尋妳笑看歲月的本尊

過　年

沒有爆竹聲的年節

光禿的果樹掛著三顆瘦小的蘋果
有幾隻鳥飛過
在除草機修理過的青草上留下回聲
靜寂的宅院守著整齊的圍牆
圍牆外面有一座被污染的遠山

妳在那裡呢？
妳在細讀年終複雜的版面
還是在張羅被雨水打濕的春聯？
妳在整理凌亂的帳單
還是盤算如何填塞那一只開口的皮箱？

如何把體積過大的皮箱
塞進擁擠的機位？
如何在起飛的瞬間
看盡眼前的風景？
如何在走出機場的時刻

把累積的情節
交給對方訝異的表情？
如何在寒風中
面對沒有爆竹聲的春節？

過　年

過年的時候
妳在幾千里外磨牙？
那是歲月嘰嘰喳喳的聲音？
到了這個年齡
牙根已穩固
別離的滋味也經得起咀嚼

妳嚐到什麼特別的味道嗎？
桌上沒有魚肉
可能有一些粉絲和豆乾加菜
妳是否仍然以五穀米
計算吃素的日子？

最渴望的一道菜
是餐桌旁邊的電話
喂，妳的聲音有特別的風味
我的喉嚨被妳嗆住了

送　別

雷聲響起
我們在天邊
點上幾片黃昏的詼諧
飛機啓動風起雲湧
雨點迤邐
若雨水能抑止
人事的喧嘩
我將守住這一城的
潮漲潮退
我將在劫後的
泥濘裡挖掘下一個希望
而不願去想像
妳在雪國的
踽踽獨行

當妳在風雨中消失
這一個城市
以昏黃的燈光

去迎接雨中重疊的人影
於是，夜有了歡樂

送　別

送走巴士的黑煙後
我就在地下室躲避變化的天色
妳將在色彩繽紛的雲天
似睡似醒，分不清
這季節性的穿梭
是歸或是別的旅程

回來後
一對杯子還在茶几上對峙
洗碗筷的水流
冰冷地從指尖滑過
盤碟上油膩的形象很難洗盡
跨過千年的初春，冬天的身段猶在
放開熱水竟然燙傷了手指
要找紅花油
才想到它已經陪著妳
沒入晦色的天際

突然，冰箱聲音大作
原來，妳走後
裡面的食物已空

東半球西半球・南半球北半球

東半球西半球

我走進黑夜打開一盞燈
想像晨曦喚醒妳恍惚的夢境
我清洗白日臉上累積的塵垢
妳走入街道上陽光普照的塵埃

躺在床上
幻想妳在大樓的陰影裡
找到絢麗的廣告辭
我的春夢如雲朵
正如妳在公園隨手摘取的
一朵小花

花朵開放時
我的鼾聲驚醒神經過敏的鬧鐘
午夜不能夢迴
妳的雙手已經在鍵盤上

輸入今日情緒起伏的印記

當下，我在東半球逐夢
妳在西半球
看到一棟古老的「夢之屋」
瞬間崩塌成煙

南半球北半球

我嘗試在冰水裡遺忘暑氣
妳在壁爐旁邊填寫今夏的記憶
我的體溫
高過妳層層包裹的冬衣
若是這裡的烈日不能點燃妳的心火
妳在冰雪的足跡
何以走入陽光？

妳手上的雪花即將固執成冰
我流汗的雙手

無法為妳摘取星星
妳要為人世爭取一點溫暖
我要為世界儲存一點涼意

我在南半球
為妳郵寄一套泳裝
妳在北半球
為我編織一件毛衣

第二輯

西窗話舊

在雨中

今夕，笛音隨著雨聲
在幾株桂花間
尋求白天蜜蜂可能留下的道白
桌上攤開
昏黃燈光下的笑容
笑意隨著腦波舞蹈
心所承載的
是血壓的極限
世事如雨滴
在屋簷下的古甕裏叮咚
想像和希望
在甕口的邊緣
滿溢成
即來的水澤

妳的眼神
猶如遠方的閃電
是可以解讀的符號
眉宇之間，我聽到

二胡和古箏的和弦

在仰望朝露的天候裏

製造複雜的音響

回聲從亙古的洪荒

流穿妳我灰濛的心境

也許寄望一場奔流

湧動心中負載過重的小舟

在妳我之間穿梭

在曙色

在葉片間歇的滴落裏

看到彼此瞳孔裏

映照的露珠

而這一段信息

正如越滾越大的雷鳴

在天邊沈重

墜落——

在雨中

凝　視

是否以昏黃的燈光
點燃妳我的瞳孔？
放眼盡是
一條長黑的時光隧道
以各種語調
喚起季節的輪迴
能說的，總是有些雜音
我們缺乏一張紙
來表白原有可能錯誤的命題
如何以口沫
添加彼此的默契？
橫亙於知性辯證的
仍是濫情的
春花秋葉

詩人所為何事？
餐巾無以擦拭
速食後
這些油膩的問題

喝下一杯沒有加糖的咖啡
時代的現象
必定只能沉澱成色素
能承諾的是
一些午後不加作料的言談
從欠缺冷媒的熱度開始
探索微溫的含義
表情必須躲開陽光的行徑
只剩下一雙眼神
在此瞬間
在昏黃的燈光下
對我凝視

對話之一

人說，風以亂髮的表情
招喚驛站
那馬蹄從花開到花謝
從古城牆的燈籠
響到
今日花城的鐘聲

將軍的臉
懸掛在牆頭的柱子
太陽兀自照著
已成赭色的血跡
而那一雙瞳孔
未曾閉目
嘴巴半開，似乎
猶在嘀咕一些軍令
北地的火舌
隨著江水的走向
舔食了半邊天
這一段歷史的缺口

只在政客飯後
剔牙的時候
噴吐在妳我的臉上

但初夏的熱度
滲透到午後彼此凝視的眼神
從焚燒的歷史
看到妳泛紅的雙頰
那不是滔滔雄辯
只是在轉述悲劇時
重溫閱讀的本質
一切只有詮釋
且讓妳我閃爍顛覆的語氣
埋葬那段紀事
讓頭髮再度
招搖成風

對話之二

言語的香味
先在咖啡杯裏預習
清涼的口白
在溽暑中化開

一些語音在書架上
和沙特的世界撞擊
以共同的音調
在虛實間擺盪的地帶
吹奏心中的管笛，讓
磁帶流轉可觀的記憶
從冷氣的節奏
感知日影的變化
在荒原中
體會苦澀的笑聲
難以逼視
瞳孔重疊的幻影
音樂的交響
是文字不能表達的意象

一旦影子形成某種角度
就要道別
我們以拉長的身姿
面對時間觸動的
一明一滅的
燈光

對話之三

對話在沈默中展開
語言大都收藏在
桌上厚厚的幾本詩集裏
所謂贈言
大概就是
擴大機將來輸送給揚聲器的
幾卷磁帶的雜音

所謂對話
是為了在相簿裏
收集各種體態
各種頭髮變化的
顏色

惜

久未消化的思緒
變成驪歌的前奏
要以什麼樣的心情
來聆聽彼此沈重的呼吸
那一股外表平靜的水流
早已湧動著意念
想像的河流變成實景
流過妳我的瞳孔
眼睛裏的粼粼波光
是日子輾轉反側的出口
時間的兩岸
有蟬聲高亢的音階
有淙淙綠意的樓影
夏日的足音不斷，展望
遠方沒入暮色的景觀
臉孔的更易是不變的主題
變奏的是
流水歸處的楓紅和
秋意

念

轉身探望
角落晦暗的鏡子
迎面一臉的驚愕
妳的腳步未遠
但已在滑溜的石階上
製造回響
我彎身
去撿拾一個被丟棄的筆套
背脊的痠痛
清楚地記起
妳行前灑脫的言詞
那一句句
數落時光的長短
猶如牆縫的滴水
一聲聲
從長廊的這一頭
傳遞到那一頭
然後尋找
一扇忘了關閉的小窗

到廣場變成
一朵白雲

這，鏡子
已看不在眼裏

光明燈

這一切都是已經書寫的嗎？

妳要在異國的雪地裡
聆聽飄渺的鐘聲
來冷卻往日奔騰的熱流？
細雪在窗外點點滴滴串接記憶
瞬間乍現的陽光
能否消融這堅硬的冰原？

妳在大殿裡
面對佛慈悲的凝視
往事正如雪花撞擊地面
在破裂與凝結成冰的間隙裡
這世界裡的紅塵
仍然有一許微風
讓它在妳的心坎和妳的肌膚上
輕輕地降落

冷、熱
即將遠離六觸和六塵
但，在這四面通風的大殿裡
妳冷嗎？

妳站起來
搖搖擺擺地走向
不久前
在佛前為我點燃的光明燈
妳以顫抖的手指
撫摸
我的名字

輪　迴

把一切刻入唱片的溝紋
使妳每次聽這首曲子
都必須聽我製造回聲，知道
琴音詠歎的是
我們圈圈的輪迴

輪　迴

站在高樓上
妳會因此看到太陽的影子嗎？
那幾千萬光年前
所留下的幻影
不知道是否
就是妳我禁忌的凝視？

當那一隻鳥
嘴巴銜著抖動的蛀蟲
妳我都想起前生漂浮的日子
是否那一陣風沉澱了山河歲月後
再度為秋霜牽動屋頂上
鴿子的令旗？

「純想則飛，純情則墜」
在這招惹寒氣的樓頂
我們是要高飛或是墜落成
另一個輪迴？

奏鳴曲

大提琴
在往事裡沙啞地掙扎
鋼琴偶爾助燃情緒
偶爾在變奏的音符裡
提醒眼前的現實
這已是初春的時節
不是恣意濫情的霜雪

我們是一首
動靜失措的奏鳴曲嗎？
未來妳可以在黃昏的天色裡
獨自滋養冷僻的黑夜嗎？
妳會為一兩聲似有似無的電鈴
翻尋我們一齊剪裁的相簿
而我
總在樓梯口缺席

地毯上歪斜的椅子
很難體會這就是聖地雅歌

琴音低低的語調
在摸索夕陽將在哪一個音符後
墜入遠方的山谷
鋼琴突然脫離和弦
讓大提琴在黑夜裡嘀咕

音 符

怎能感謝
妳以簡單的音符填補殘缺的想像
將未來描繪成如此的聲息
而不計較缺少應有的
回音？

但妳是否懷疑
杜撰的現實能留下多少時間的咬痕？
磁帶裡仍有多少跛腳的記憶？
旋律的演進已靜止無聲
難道這五線譜上
都是休止符？

承諾要以佛典梵音
譜寫主旋律
樂曲的符號本來就沒有虛實
妳的等待並不存在
我早已在周遭的空間裡
回響

因緣千古

從未在聖誕夜
有求於神秘的雪花
有人說當細雨在空中
搖擺成白色的幻影
一定有一個姿勢
在秦淮河畔
傾聽北國前世的呼喚

但那是一種無聲的敲響，夾雜
時鐘的滴答
長廊的人聲
在預演一幕熟悉
但尚未存在的景致
寒風在室外訴說雪花搖晃的心事
室內，不經心的言語
正在填寫跌宕的劇情

而當古城牆
拒絕以斑剝遺忘往事

我們在結冰的石板道上
拿捏心情的溫度
前世是回首的灰牆
映照於玄武湖凍結的水面
今世我將在撲鼻的寒風中
聽聞遊子動盪的行旅
若是我們沒有滑倒
我們將走向何方？

古城的小舟
能承載多少朦朧的鄉音？
午後的陽光
從飛簷的縫隙裡
探問船上起伏的笑浪
櫓夫的歌聲
召喚波光粼粼的因緣
水中沉澱的倒影
可是我們的一生？

在崑曲的音符裡
我看到妳在小巷裡的身段
凝視的眼神追隨石橋下的流水
風裡冰冷的訊息
有如妳踽踽獨行的
明日

後記：2002年12月23日至28日參加第7屆國際詩人筆會，經過南
　　　京、淮安、周庄。一切人事古蹟似曾相識，有如千古因緣。

西窗話舊

今日，西窗不再迎風
日影為了記憶
在百葉窗外徘徊
往事凝重
猶如將欲墜地的秋果
風起了，琴鍵點點
輕輕掠過這一潭久不平靜的波心
季節夾著涼意
將天色層層包裹
為了一點溫暖
心中湧現沸騰的問題：
妳在哪裏？

日子摺疊成的書頁
已塗滿難以辨識的文字
午夜夢醒
我們翻閱一段保溫的紀事
以汗水潤濕的手指
重整年歲的腳步

由黑夜起程
褲管將會沾滿露珠
追隨思緒的行腳
沿著街燈
探問阻絕的星空：
在這午夜
遠方的風城
可曾聽到二胡吟唱的
塵埃聚落

而笛音聲聲的扣問
已在窗前回響
能吹奏的，總是難以重組的情節
高亢地掙脫竹膜
錄音帶是否有磁粉掉盡的時候？
讓機器吞食所有往日的噪音
能完成的
是終將寂滅的午夜

能說的，音符終將隨著晨曦
攀上峯頂，探尋
霧的走向

第三輯

海誓山盟

黃　昏

黃昏在妳的臉孔上調配顏色
也許需要一點水
瞳孔這個符號
難以面對這尷尬的時刻，不知
向光或背陽？
道路上，聲浪洶湧
近在咫尺，需寄語
和天空競相奔馳的電線
彩雲下
飛機在西天畫了一道白色的軌跡
群鳥慌張起來
到處試探家的經緯
消防車呼嘯而過
迎接遠方黑煙的召喚
於是，燈火一盞盞地
亮了

背　影

近黃昏
妳以背影向我
髮絲飄逸，招惹
那一隻鍍滿金粉的鴿子
裙角搖擺，牽動
轉角處蜘蛛重重補綴的生活
日子的冷熱雖明確
這時節，樹木成長且落葉
樓梯頂端
妳拉長的身影
遮蔽我的視線
我竟不知妳手持鑰鎖
是開啓，或
關閉？

頻　道

夜來了
我們把情感交給情緒
果汁表面的泡沫
在吸管下逐次破裂
語音飛濺，餘波盪漾
如街道上的喜怒哀樂
剪貼成窗上閃現的光景
雷聲一路從十字路口的黃燈
混了過來
一明一滅間
頻道已在風雨中
走失

感　光

街道以驟雨清除雷聲
以洗淨的面目禁絕妳的私語
終於，一度躲躲藏藏的
誤會曝光
底片上的人影
朦朧中一切自有焦點
走入鏡頭的
有兩扇對開窗戶中
對流的微風
還有伺機起動的
風向儀

風　暴

我們以夜色
和感慨人生調製感情
所說的不過是
巷子裡賣香煙的女孩
一陣歎息後
我們繼續微笑
談起每天守護一擔老薑
手指多節如薑的老者
空氣片刻稀薄
之後我們相互補充呼吸
不知何故
竟想起昨日約會遲到時鐘的煩躁
星星在如水的夜晚
點起飄散的紙花
煙火在黑暗中開放，等待
妳我眼中的風暴

海　誓

海的誓言
隨白日的到來不安
揮軍西進的日輪
在海岬上高舉旗幟
撤退的行列裡
潮水相互傳遞危機
有的葬身魚腹
有的粉碎如泡沫
心裡浮沉著濤聲和日影
我們手中握持的信物
隨風帆而去，引擎
鼓盪海闊天空
海鳥銜風而至，背負
一朵善變的雲
燈塔適時
熄滅

山　盟

當群山點起火把
火焰為何如此閃爍?
持續的
總是我們有問無答的問題
山下飄浮的是
風中起落的金粉
山上交流的是
無人見證的盟約
努力摘下面具
發誓的右手
隨著高處的寒意
舉起來又悄悄放下
所有的語言沉默如腳下
堅實卻已鬆動的
石頭

後　座

車窗搖上
這個城市終於安靜了下來
黑暗為我們陪襯相視
焖焖發光的焦點
急駛而過的計程車
照出我們百感交集過濾後的心境
玻璃窗外
不遠處香煙的火頭
在空中畫了幾道弧
好久沒有看到螢火蟲的
竊竊私語
也從未想到
後座狹小的空間可以
互通聲息
有蚊子纏身，在耳際
低吟一種
癢癢的愛

焚　燒

笑意竟點起一把火
背對城市
我看到妳火光下的腮紅
街道熱絡起來
暫時疏散股票市場的人潮
人頭——闖出火紅的畫面
消防隊員以汗水澆灌熱度
無聲吆喝
斷斷續續如水頭
妳我的足跡洗刷不盡
雙手握持的體溫
持續上升
只是大火延燒
若是我的信箋在火中焚盡
妳可還記得？

泛　舟

水中逐波的倒影
因為晦澀的雲霧
看不出喜怒
泛舟的小槳
擊打水中的表情
青山侍立兩旁
觀賞小舟上的人世風景
天空藍藍的
等待寫上值得記載的文字
夏天隨涼意準備離去
要多少失眠的日子
才能忍受這一山谷的蟬聲？

湖　水

遊船何必干擾
光影和水波的嬉戲
心事如水痕
分開後又在遠方整合
雨過天晴後的雲霧
垂涎重重色彩的遠山
引擎的噪音
阻礙湖光山色
水鳥驚起的剎那
妳的音容逐波而來
塗染一湖的秋

秋　意

此時如何奔雪？
只得把雨水在心中凍結
把矛盾、內疚
注入我們的呼吸
笑在一潭秋水裡
盪起跳躍的瓦片
驚起蟄伏的水鳥和心事
一隻報導紙船沉沒事件的蜻蜓
在漩渦中發現
入秋後的第一片落葉
樹葉轉紅了
想起即來的白雪

光　影

想念的豈能規範成
晨昏定省
人影出現
如颱風前的光影
風暴過後
妳的聲音不在
午後打字機的觸鍵
只記得形象，忘卻文字
影像成章成冊
隨著滴答，敲響
地下室的每一個角落
播音員的聲音穿透隔音門
詭異如窗外的光線
好似又有一場
危機

風　城

從烏雲竄動的天候中
妳帶來一城的風沙
睜眼看妳
原來是這麼吃力的事
晨光追隨妳的身影
清掃負擔繁重的街道
迎面潑來的洗碗水
驚起水溝潛伏的老鼠
肥胖的肢體
搖搖擺擺橫過街頭
引起煞車的驚呼
一切都在襯托妳眉宇間的景緻
嘴角咀嚼陽光和塵埃
有多少別離後的心事
要說？

驚　覺

妳的臉花開如閃電──
白日的錯覺
毛蟲開始尋覓
昨日啃食的軌跡，迷失後
誤闖花苞
強光下
花容慘白，不知
將生或欲死
花瓣翩翩掉落
猛然回首
驚視彼此錯愕的面貌
雷不明一切
開始在遠方
嘀咕

接　機

霧從時鐘的顏面降下
時針歪斜
指向因警報而起的風雨
而妳將從雨中來

透過刮痕的塑膠窗
看那一扇門的開啓
出來的人頭數字
無以填塞心中的孔隙
出來的任何一張臉孔
是各種標點符號
直到妳的出現
才有句點

見 面

這一臉的粉妝
是否要掩飾青春痘的日子？
引頸高啼的公雞
已變成
閒雲野鶴
在西方的鄉間
傳播下一代
妳已把聲音
交給那年的意外
留下的心情
掩埋在大口瓷磚下
汗水不能隨意揮霍
一切自有用處
何必計較霓虹燈
會透露我們臉紅的
往事

傷　痕

妳以眼鏡反射夕陽
帶來傷痕
蓄膿的過程中想妳
視野隱隱作痛
雜草翳徑
落葉阻斷即將乾涸的水流
我抓起一把夜色
塗抹傷口
觸發的
痛楚如煙火
遠方鑼鼓齊鳴
一個「大家樂」的得主
已誕生

驟　雨

為妳的動容

驟雨挾山風而至

水拂過石階上長滿歷史的青苔

昨日意外事件的胎痕

隨水流而去

告示牌上的一對男女

面目全非

行人慌亂中

忘記家已消失於雲霧

淒厲的雨勢中有人狂喊

雨傘失竊

溪水暴漲

浮光載著妳的人影

超越警戒線

解　嚴

當我們在廣場上絆一跤
我們能交給夜色
什麼樣的表情？
不要面對
市政府苦哈哈的臉孔
也不要碰到它塗滿口角的蕃茄汁
麥克風的聲音已遠去
我們要為明日的別離
說一席話
總不外乎重述一些
動人的場景
加上幾滴歎息
今晚夜已太勞累
不再刁擾微風吹乾
妳濕潤的雙頰
伸手握妳，觸摸的是
石柱上蛋的汁液
一切滑溜溜的
乘此寧靜之際

我們的雙唇要
解嚴

道　別

別離時，石階上
慢板的步履有蟲鳴伴奏
眼睛在貼近的五官中放大
試圖把對方點滴壓縮成
未來的記憶
黑夜為此動容
點起萬把燈火，紀念
在一起的日子
眼珠晶瀅
不忍再見樹影扶疏下的小徑
妳我靜肅不能言語
只聽到飆車的
吆喝

歸　程

為了記住這個表情
把街景騰空
人影驅散
把太陽的熱度
關在冷氣外
以音樂裡如訴如怨的
形象招引妳
從風中，從夕陽
一切準備就緒後
妳在遠方反光的高速公路上
竄升，為了
儘速抓住妳的身影
一個影子壓傷了
另一個影子

第四輯

讀信回信

信

信是過時的記載
過去已在紙張泛黃
日子重疊在日子裡
心情再次湧動飄渺的幽光
瀏覽過去
證明當下是唯一的存在
黃葉落地
櫻花迎春
都是蚊子例行的交代

面對日子的缺口
風吹亂髮絮
在季節過渡的瞬間
糾結
這時,從鐘的顏面
探索未來的妳
正在遠方反光的冰雪裡
繼續書寫一封

永難完成的
信

舊　信

只有距離
讓我看到蜘蛛網下
昔日的妳
暗藏多少苦澀的笑聲
為何當時
欠缺一盞明亮的燭火
照亮妳駁雜的心境？
日子無語，沉澱成
頁頁難以收尾的書信
而今展讀
妳已跨越時空的界線
回首仍然蕩漾著波光
譜寫成曲
盡是綿綿不絕的休止符
桌上是累積的塵埃
窗外
鳥聲
隨意抖落幾許
春寒

讀　信

攤開信紙
妳寒暖合流地
走到我面前
數數多少空氣
為妳的訊息而波動了起來
這些都不是窗前的古董
可以承裝

承諾的重量
也不是多貼幾張郵票
就可以負荷
擁擠的行距
並非填鴨式的記憶
歪斜的字體
走過一張一張的信紙
表白難道只是墨水的心意？

若是過去心不可得
晨昏的次序仍然不變

當文字總結時光
所謂的現在
就是一筆一筆的刻畫
然後填滿
虛空的未來

讀 信

我等著天黑的時候看信
讓一束光從黑暗中
照亮信紙旁邊
一切的等待──
一張空白的稿紙
一個電話，和一支
拆信的小刀

小刀發出寒光
我看到一隻在燈影下
徘徊的埃及斑蚊
我以讀信來驅逐涼意
也許蚊子體會窗外秋的訊息
它停留在我拿著信紙的左手上
我心裡癢癢的
但是蚊子必須為我的手癢
付出代價
一塊不大不小的血跡

適時遮住了
妳對我熟悉的稱呼

突然我一陣驚心
千里外的妳
一定在這時候
看著窗外空氣的湧動
也許一條清澈的河流
漂浮著晦澀的倒影
也許山頭的白雪
已沾滿了曦日
也許週遭的楓紅
帶著不知名的血光

回　信

妳說心底
奔瀉出來的文字
字跡已變形
信紙沾滿了異國的濕

這裡的一切
園裡的波斯菊都看在眼裡
以花開到花謝
來衡量從毛蟲到蝶變
所謂水，只是
加速縮短其中的距離

並不擔心雨水
使花容變色
報載的日子越來越乾爽了
讀妳信時
花上的蜘蛛網破裂
正在垂釣微風

訊息（1995）

電話線在海洋的上空消失
但我可以真切地聽到
妳的呼吸有秋霜的氣息
也許風正從妳的窗口乘隙而入
那一陣涼意跨越山川海洋
鑽入我發冷的耳膜
電話過後
尾音在地下室的角落裡
釀造倒錯的時光
發酵的日子
如一團糾結的音符
我只知道
「沈沒的教堂」
在水中仍有微弱的鐘聲
但我不知道
遠方的「秋蟬」
身上單薄的羽翼
如何度過
今年的冬天

越洋電話

平凡的午後
左邊是氣鑽機鑽牆
右邊是電扇輪迴的無病呻吟
突然，眼前電話鈴聲
妳清脆的口辭
突破重重的海天
和周圍的洋腔

我正在讀一本
西方符號學的書
冷氣機運轉
和室內溫度下降
誰是符徵？
氣鑽的高分貝
為了複製機場的景象？
妳的面容
是否投影在門窗上的
玻璃圖案？

至於妳鹹濕的語音
是否指涉形容消瘦
我墜入瞬間言語的空白
為了重溫
詮釋意圖的
美麗錯誤

朗　讀

清脆的鳥鳴
在聽者的腦海裡
喚起晨光
一束光包紮在
開低走高的音調下
摸平那片崎嶇的山水
那一條馬路筆直飛奔
忘了窟窿

但我所閱讀的是
語言包裹的黑暗
路忘了出口
更忘了來頭
在說的比唱的好聽的掩護下
我聽到
妳眉宇間
倉皇的尾音

尋　找

打開門
一股海洋的味道攤開在桌子上
原來是妳昨日捎來的信息
桌上有一個沈睡的雕像
已感染銅綠
慢慢在不安中甦醒

我在書架上
尋找似曾相識的味道
好像在某位詩人的句子裡
遍尋不著
原來都讓屋角的蜘蛛網羅去了
蜘蛛看到我的表情
有點省悟人事的緊張
之後，它咀嚼一隻蚊子沈思

遍尋不著
我能回報什麼樣的形體和氣味
才能適度的透露和遮掩?

赤腳感覺地板上的
沙粒一再提醒這是多灰塵的日子
捲曲在桌腳下擦拭
有類似壁虎堅硬的糞便顆粒
有蜘蛛無法消化的殘渣
有一支蒙塵的拆信刀
還有我要找的訊息

前 夕

即將冷卻的季節
在微明的天空裡
露出眷戀歲末的表情

那隻斑鳩繼續偽裝成鴿子
總在年終最後的節慶裡
發出迷亂飛機航程的叫聲

而妳的包裹散落在地面上
斑駁的地球儀上掛著
一個越洋而來的手錶
一個仿古花瓶還插著一朵鮮花
一個泛黃的電話簿開著口
裡面的名字
都跑到窗口張望

窗外，樹葉
和雨絲競賽飄落的速度
暮色及時搭上冒著黑煙的計程車

去追趕機場起起落落的
聲音和數字

前　夕

那是一種夏日的奢侈
寫意的雨後
我們在屋簷下
看著浮雲
讓出遠山驚訝的表情

這是困難的時刻
海水拍擊岸邊的聲音
一再提醒那些已成浪花的時光
日子將隔離於海洋的兩岸
無所不在的積雪
將映照妳難以清明的理智
當雪水在手中融化
當潤濕的手掌不能再留下掌紋
妳的未來
將是怎麼樣的爪痕

日子由實化虛
或由虛生實

融雪之後
誰能因為遙遠
就把它想成淨土？

之 後

蟬叫醒夏的時候
正是雲要揮別山頭的時刻
日子從烏雲的天邊滾落
有一些傷痕
日曆不能記載
來去的規矩
是預期應有的變奏
一切將是
知了知了的言談

從百葉窗的間隙
窺視日子的面目
妳可曾慫恿陽光
滲入我的斗室
為我驅除書頁上
經典的霉味
為我的記憶消毒

之　後

涼風起落
我想金黃的落葉已為妳鋪滿一地
讓妳踏入時光隧道
此地仍是灰暗的天空
可是大街小巷
直行或轉彎
無不佈滿時間的咬痕
巷道裡的桂花還不知秋
葉子的擺盪似乎記錯了季節
青苔忽隱忽現
地面更滑了
我已經找不到以前的足跡

第五輯

欲語還休

欲語還休

妳躲在嬌紅的雲霧後面
構思世紀性的表白
我猶如披上霜雪的小草
等待妳語言的熱度

我們所咀嚼的言語
一度五味雜陳
往事在色彩中浸染
可能是過度美化的倒影
也可能是沙啞的回聲
妳若是那輪冬日
妳應該大膽現身

假如沒有黑暗包裹表情
流失舞台後
我們是否仍然粉墨登場？
雖然我們的聲音已瘖啞

天地間的盟約

是否有一朵花
在我們攜手過冬的霜寒下凋萎？
那是我們此生的信物
我們曾經澆灌了多少諾言？

世事翻滾如紅塵
終將沉澱成都市飄散的灰煙
我們攜手走進太虛
相信季節終會在繁華落盡之後
化身滲入時空的間隙
以寒鴉驅逐落日的意念
牽引我們的行程
當浮雲在沒有回音的深谷找到歸宿
當高山在地震之後遺忘了自己的面目
我們將相聚成一叢花樹
共同守望即來的飄雪

心有千千結

是否在綿延的山脈裡
才能聽到妳心底千古迴盪的呼喚？

我們在心田裡播種
成長的是糾結的心事
是否我們用錯了肥料
還是我們澆灌了污染的溪水？

我們在時空的另一個定點回顧
心結是為了完成記憶的圖案
線條的牽繫是配合閃爍的光影
所謂阡陌交通
原來是我們前世約定的輪迴

心靈的軌跡

在沒有實像之前
我們就已經成就了虛空的書寫
在沒有虛空之前
我們就已經在尋找心靈的軌跡

今世
我們以沙漠上的足跡
表白未曾乾涸的心意
但我們凝視的是
遠方已經承載歷史的土丘

妳願意追尋駱駝歪扭的足跡嗎？
這可能是世界邊緣最後的一刻
時間的黑影已在角落窺視
我們的情緒隨時會捲入沙漠的風塵

這一切
我們曾經以枯乾的樹枝

見證一個已經消失的綠洲
以及被流沙填滿的心湖

浮生紀事

面對大樓，我找不到觀賞的角度
面對自己，我找不到鏡子
面對妳，我瘖啞無聲

面對山水，生活變成一片潑墨
往事乘著時間的小舟在沙洲上擱淺
白花花的波痕淹蓋了城市的過節
千里外的喧囂終究是
無聲的呢喃

我們要如何以意圖不明的流水
探尋心靈滴答的水聲？
水中浮沈的是猶豫的心事
當妳隨波逐流而去
請留下一些似有似無的倒影

明暗交替的日子

我們走過的山川
猶如吞吞吐吐的往日
層層疊疊的時光
就是我們明暗交替的豐收
汗水澆灌的
必須面臨突來的風雨
但總有光影滋養我們的幼苗
我們一度為欠收
而遁入情緒的暗巷
但我們在稻殼的飛揚中
細數陽光

但不免要問
我們如何使翠綠的青山
轉變成我們的心田
種植意味大火的燃燒與灰燼
我們是否就是傳說中
火浴的鳳凰？

泡沫中的仰望

我們如何以泡沫
記載回眸的時光？

城市的人聲
已經隨著時間之流
成為漂浮的暗影
妳是否想在
海水與泡沫糾葛的韻律裡
成為一座仰望的頑石？

假如妳是仰望的頑石
妳所凝視的
是天空飛機過後留下的煙雲
還是地平線上出現的帆影？
但，與妳心弦合韻的
就在妳背後
妳是否能扭過頭來回應？

青苔說了什麼？

妳的心事像青苔
經常讓我滑倒
我以青紫的傷痕
填寫斑斑點點的日記

於是，我躲在漆黑的石縫裡窺視
當水流帶著城市遙遠的盼望
在石縫裡穿梭
我吸飽了黏濕的回憶後
也滋養一些青苔
讓妳滑倒

有一天
我們會共同以笑聲
對照彼此的傷口

春光乍現

妳的言語總在呼吸間消失
是腸胃的不適阻斷了訊息
還是心的跳動忘記了血液？
但妳的表情總是雲彩紛飛

曾經窺視彼此暗藏的春光
曾經唇舌翻轉讓表情乍現

當大地厭倦了黑暗的籠罩
當妳傾聽夜貓曖昧的叫聲
陽光已經在地平線上甦醒
微曦已經不是夕陽的心境

等妳來赴約

山要成長到什麼高度
才能履行天地間的邀約？
雲彩拂過臉龐
是否看到冰雪留下的皺紋
在稀薄的空氣裡
守望蒼穹變色的韻律？
鳥的叫聲已經墜落深谷
花的姿容已成多變的雲霧
盤座千萬年
為了保持永不蒼老的容顏
還是等待妳來赴約？

若是妳來赴約
請妳帶走暮色虛浮的雲彩
請斟酌妳的腳步
不要在我的臉上
留下傷痕

暗渡陳倉

白雪無法覆蓋所有的秘密
妳平靜的臉龐有潛藏的鴻溝
不是歲月的皺紋
而是冬季的軌轍暗地通往春心

小草偽裝枯黃，原來
暗地在傳遞風的消息
地面傾斜，原來
暗藏輕微的足跡
路徑迂迴，原來
已在展望另一個季節

當妳的心情不再為日記表白
我在千山之外的融雪裡
感知妳暗渡陳倉的心意

潮濕的往事

我們在幽黑的洞口探望
那一端明亮的開口是泛白的過去
我們不是彼此的夢魘
但是我們的笑容總被時間漂白
因為我們聽到急瀉的水聲

我們應該循著長黑的隧道
走入潮濕的過去
讓水流過眉宇，流過我們的脊樑
讓我們濕淋淋的往事
成為驚濤駭浪的底流
讓我們已經沈寂的心湖
再度洶湧濤聲
提醒我們
走過的日子還沒有
散發出霉味

靜思的歲月

我在靜坐時
看到歲月空白的風景
我看到時間凝止的姿容

當所有的意識都泛白
天空亙古清明的面容
是心中的一面鏡子
妳的身段不再顯影
沒有青春痘，也沒有
微風中浮動的白髮

時間的糾纏都寫成霜雪
草木的靜思有點涼意
以虛空的心境
面對空間的寒冷，而這時
妳能在遠方聽到我無聲的呼喚嗎？

向妳招手

假如妳是浮雲
妳要在哪一個天邊停靠？
注意風善變的脾氣
也許妳永遠找不到歸宿
雖然已接近黃昏

我是爬上幾千公尺高山的樹
為了向妳招手
我的守候
使天色蒼茫、野草動容
當妳匆匆地趕路
妳是否往下瞥一眼，看到
我揮動的手臂已蒼白？

假如妳錯失了心靈的驛站
我要如何在天空
鋪設一條鐵道讓妳不要出軌？

天地有如潑墨

總是到了血液幾近凝結時刻
才想仔細聆聽對方的脈搏
秋霜應時而下
我們窗前的守候
禁不住遠方候鳥的啼聲
讓我們書寫心情

天地有如潑墨
這是妳打翻心靈的山水
有幾顆雜草
這是妳心中儲存的野花？
雪白的冰霜
是妳情感累積的熱度？
撩撥黑色的水面
裡面隱藏妳的心湖？
水面的漣漪
原來是妳的皺紋

沉澱的心事

假如我們把時光的殘渣
化成湖光山色
我們能看清鐘錶真正的面目嗎？

假如我們把往日的風暴沉澱
我會變成妳心湖裡的倒影嗎？
微風所訴說的季節
都在天地之外
山色也無法改變妳都市裡的容顏

當妳告別工廠的黑煙
妳抽屜的重鎖
已經無法封閉斑剝的往事
以及遠方斑爛的水聲
但，妳是否要在水底摒住呼吸
唯恐驚動這千古的涼意？

洶湧的往事

為何妳不是平靜藍色的海
而是水花似濺的浪？
假如我是海上的岩石
我能經得起妳日夜不息的摧打？

是否我的存在阻礙了
妳前進陸地的企圖？
妳是否也想淹沒水平線上的落日？
妳是否在心底聽到
我們往事洶湧的迴響？

為何妳總要使顏色成泡沫
是為了迷航的水鳥
還是落寞的漁夫？
還是妳怕攬鏡自照？

潛意識的風景

夏季裡，妳的言語如蟬聲
「知了知了」是不知了
直到大地回收所有的溫度
妳才感知心中洶湧的熱流
和已經浪費的節氣

前進到了極限
才知道回首顧盼
當流水在做黑白的爭辯
冰寒的大地才看到挺立的身影
當妳還在守望這個殘存的季節
眼簾的開合
已經暴顯了
潛意識的風景——
那是不曾「知了」的蟬聲

語言播下的種子

我們追尋語言播下的種子
遠方曾經翻飛成風
細雨霏霏的往事曾經笑納光影
山岳海洋所見證的
是雲雨暫時離散後
深入地層去滋養文字的新苗
若是浮雲退卻成無止境的藍天
我們會以日輪的軌轍
在一年的正中央
踏入今世足跡同步的流程
語言縮減的時光
將驪歌化為神秘的前奏
歲末溫度的奇想
讓半片染紅的樹葉
落下時還在回憶累世的繽紛
若是魚雁在虛擬的時空裡穿梭
我們要惦記的是
戀戀風塵

還是亙古糾結的命題
等待化解的一生？

追隨妳的影子

分明不是高樓建築
為何妳的身軀拖這麼長的影子？
是那一面圍牆的白色線條
試圖容納虛虛實實的心境
還是牆角的缺口
總有話說？

雖說妳曾經將自己
比喻成那競選傳單上褪色的臉龐
妳的風姿仍然在街頭巷尾搖擺
沒有黑痣作為表情的標點
妳翻轉手腕
有如一面色彩繽紛的旗幟

而我追隨妳的影子
猶如汽車的輪子填滿馬路上的坑洞
昨日妳的行徑
已在預警一個意外事件
當我在病床上撫摸紫青的傷痕

妳已經把故事寫進
提早到來的晨光

第六輯

昨日今日

思—想

　　"Your heart is my mind."
　如是說，總是為了季節的變化而動容
　妳的面貌猶如那片角落的看板
　還是地上那一堆潮濕的的松針？
　我是否因為這句話要加一條圍巾？

　　"Your mind is my heart."
　如何揣度妳在彎曲的小巷裡拉長的影子？
　妳所構思的明日是昨日的預言？
　今天的氣象不是妳縝密的思維所能辯證
　明日的風雨也許就是妳我的晴天

　　"Your heart is your heart."
　妳要在車水馬龍中尋找自己的投影嗎？
　他鄉的頭條新聞都是妳的再版？
　遍地的野花都是妳的姿容？
　妳說，雪地裡都是融不掉的心事

"My mind is my mind."
當那一陣微風
翻開餐桌上解構學的論著
一個素食者寫下如此的句子：
所謂存在是空氣中飄緲的異香

若　說

若說
妳的信
撐著火傘而來，為我
一許清涼，文字
走過淌汗的路面
飄然有如微風
為何我想起
妳曾為難得清涼的
夏夜煽火，使那人
投擲的火球
在我的身邊燃燒？

若說
風扇的葉片
播散妳的臉孔
筆跡制伏熱浪成聲音
為何我聽到
四處奔竄的流言
壓過示威的聲浪？

若說

每一個獨白都成回響

餘音包圍盛夏

醞釀一個春

為何看到

妳隨麥克風遠去

園裡的菊花

已冒出頭來

試探

秋的消息？

間　隙

在時間的間隙裡看妳
妳以音容鼓盪
書頁翻閱中的幻影

八月讀妳
如讀氣壓圖表上的遊戲
佔領的是紅藍的江山
侵襲的是
乍暖還涼
皮膚上的孔隙

何時把時光隧道填滿？
太空漫遊後
宇宙在撼動的窗框開啓
微塵在光線下描繪
妳逐次膨脹的身影
讀妳如讀
間隙

附記：「時光隧道」也是曲名。

真 相

情緒怎能佈局？
冷氣機有時也難以
應付驟變的溫度
體內反芻的香味
在口中殘留部份的苦澀
言語在習俗的眼光中
躲躲藏藏，直到
我們俯視
地下室這一口井，所有
累積的真相
盪漾開來，被理性
禁錮的真言
扳開漸漸軟化的嘴角
在急促的呼吸中
揭發自我的面目

咳嗽 之一

聽妳咳嗽
氣壓圖表亂了章法
園裡花容驚走蟬聲
窗急忙把夏意
推托給那一片
舉足不定的雲

聽妳重複的乾咳
雨適時表明身份
風追逐一陣子殘雲
然後在地上
清理病歷

咳嗽　之二

風扇單調的
轉動中，妳的咳嗽
突破門牆重重的包圍，一聲聲
搖起風鈴。昨夜
北方的氣流突起二心，南下
捲收晨霧，灰濛濛的鳥
以赭褚色垂懸的
木瓜為目標
肉體綻開，一顆顆
種子掉落，等待
妳以脹紅的臉孔
去掩埋

咳嗽　之三

午夜，妳以咳嗽聲來襲
迎戰的是黑夜裡
水籠頭的滴漏
古床在窸窣聲中尋求
肢體的平衡
一條白色的床單
覆蓋一條長廊
倒掛的點滴無聲
撤走，一個赤足的小孩
突然感悟到大人急促的
腳步。黃昏未走
黑夜已為一些臉孔
準備

正想是否償付一夜的漏水
要以失眠為代價
妳已在沉穩
呼吸

發　酵[1]

把妳的影子放在罐子裡
加一點糖，一點醋
再加上一點點潮濕的日子
妳能長出什麼樣的形體？
發出什麼樣的氣味？

發酵後，我將以
一種面目讓妳感到
往事全非，讓妳
想到春花在梅雨中的一切
讓妳近著晨曦
嚥下我的甜甜酸酸，讓妳
一陣陣噁心，讓
老祖母拋來
一句眼神，問妳
是否懷孕

---

[1] 這首詩也可視為夏宇詩行的「發酵」。

醉

為了避開妳的評頭論足
我將自己昏頭轉向的形容
在一只手巾上
嘔吐

秋去的時候
妳想迎風晾乾
我的餘韻
怎知那條手巾
總是不乾
這時有人高喊：
酒可以去寒

邂　逅

錯面而過
妳嘴角的痣
和我的瞳孔相遇
妳暗示要把我吞食
我想將妳濃縮成一點
這是形體和意念
誤會的邂逅

之後，我將這點誤會
留在稿紙上回味
直到有一天
我在報紙
看到妳真確的五官
獨缺
那一點

天　橋

妳狠狠撕掉這個日子
我以膝蓋
記住拐角處的驚奇
一切可能的變調
都安置在潮濕陰暗的角落
隨後，是我們長長的
休止符

一年一度
我踩著腳下的車聲赴約
此時，這殘缺的形象
要糾正妳我的奇想
橋下不是泛舟的水流
也非雲彩
妳已非織女
雖然今日是七夕

紅蘿蔔白蘿蔔

紅蘿蔔加白蘿蔔
就是妳的腿

白蘿蔔是妳這一世的標誌
我似乎看到上一世
妳在田間，在烈日下烘烤肌膚
再上一世，妳細白的小腿
整日停駐在窗台下
對著日影思春
這是妳今生的補償

紅蘿蔔是妳瞬間的刻痕
那一日
為了急速聽到陽光的消息
妳在北方滑倒
妳的仆倒處融化了一塊冰雪
事後妳要為此在心靈立碑
但只在妳的雙腿找到
赤紅的標記

可是我想告訴妳：
紅蘿蔔炒白蘿蔔
是我喜歡的一道菜

便　秘

妳固執的肚子還在便秘
這是妳對我無聲的抗議
還是心中囤積了記憶對妳的報復？
妳是否記得那一天
當妳用微笑統收那些菜肴
我對妳講的一句話：
這又將是糧食欠收的一年？

瀉藥，通腸都缺乏說服力
妳仍然把所有的言語
儲存在挺漲的肚子裡
周遭充斥黃昏的預警
也許無數的聲息在妳體內洶湧
是歲月扮的鬼臉使妳沈默？

夜悄悄地來臨
我似乎聽到妳輕聲的抽搐
時間漫長地靜止
黑暗中，妳終於

開口講了近日來的第一句話
之後，妳的言語
急的對著馬桶說盡

磨 牙

睡覺時
空氣中的病毒都在聆聽妳的磨牙
是否妳有一些前塵往事
在這新春的朝陽裡隨著微塵舞蹈？
那些沉澱已久在牙縫裡滋養的
芝麻小事都在鼓動
那一段老舊的旋律

我因而不忍心拉開窗簾
在明暗交替的光影裡
我默數哪些時節少掉了音符
哪些片段多了一個休止符
突然，我的咳嗽讓妳驚醒
讓我呼吸所吞吐的病毒
離開那一段令它們回味的旋律

因此，妳竟然沒有趕上這個季節的
流行性感冒

話　題

總以為
這是明天還要延續的話題
而天未明妳就走了
看看天色
噴射機在天邊留下幾團烏雲
而後就是
滴滴答答的
雨

車子在路上滑行
妳錯亂的影像
導演我一些驚險鏡頭
溽暑的下午
這汗濕的形體還在獨自演練
那一場未完成的對話
雷鳴的辯證
閃電也無法照出
真正的結論

妳在天空漂浮
是否為了把那些糾結的心意
都留下來變成我的負荷？
拋卻足下翻滾的微塵
妳加速在遠方
營造另一個
話題

日　子

為了解救日子
我們把喜氣折疊成
一紙信箋，讓它
逐風散佈
佳音

為了儲存一點話題
風過後
我在落塵裡
翻尋一些文字，以免
讓妳看到
真正的日子

昨日‧今日

昨日妳把我的影子
釘在牆上，寫一些
粉末流失的文字
講一些
愛恨不清的話

今日我從牆上走失，一面
撫摸傷口，一面
步入相框
看著妳昨日清麗的背影
從擁擠的鏡中出來，笑聲
抖落我滿臉的
塵埃，不免
為妳的言語擔心
開口之際，請留意
不要掉了滿盤的
金牙

簡政珍寫作年表

1950年 農曆六月十六日生於台灣省台北縣金瓜石。

1956年 進入金瓜石瓜山國民小學。

1962年 進入金瓜石時雨中學。

1965年 進入八堵基隆中學高中部。

1968年 進入國立政治大學西洋語文學系。

1971年 開始寫詩，大都未發表。

1972年 第一名考進國立台灣大學外文研究所。

1975年 獲台大英美文學碩士，論文〈愛默生的辯證文體〉（英文）。

1976年 軍中服役，擔任空軍官校英文教官。

1977年 退役。任大同工學院英文組講師。

1979年 進入美國奧斯汀德州大學比較文學博士班。

1982年 獲奧斯汀德州大學英美比較文學博士，論文〈放逐詩學：中國現代文學中的放逐母題〉（英文）獲該校博士論文獎。

八月，任國立中興大學外文系副教授。

1985年 論著《空隙中的讀者》（英文）出版。

八月，任中興大學外文系主任。

1987年 七月，加入創世紀詩社

1988年　三月，詩集《季節過後》由漢光文化出版公司出版。

九月，詩集《紙上風雲》由書林出版公司出版。

1989年　一月，文論《語言－意識－閱讀》（英文）出版

三月，《語言－意識－閱讀》中文版《語言與文學空間》由漢光文化出版公司出版。

五月，詩集《季節過後》獲中國文藝協會詩創作獎；《語言與文學空間》進入《聯合報》「質」的排行榜。

七月，《紙上風雲》獲《聯合文學》提名為詩集類年度好書。

八月，升任國立中興大學外文系教授。

十一月，獲《創世紀》詩社三十五周年詩創作獎。

1990年　六月，長詩〈歷史的騷味〉刊登於《中外文學》第217期。

七月，詩集《爆竹翻臉》由尚書文化出版。

十月，和林耀德共同主編的《新世代詩人大系》由書林出版公司出版。

十二月，詩集《爆竹翻臉》及所策畫的「尚書詩典」獲新聞局金鼎獎。

十二月，詩集《歷史的騷味》由尚書文化出版。

1991年　一月至三月，詩集《歷史的騷味》連上三個月《聯合報》「質」的排行榜。

五月，詩集《歷史的騷味》被《明道文藝》選為歷年來新詩類十四本「必讀好書」之一。

八月，長詩〈浮生紀事〉刊登於《中外文學》第二三一期。

九月，詩論集《詩的瞬間狂喜》由時報文化事業公司出版。

1992年 一月至三月《詩的瞬間狂喜》連上三個月《聯合報》
「質」的排行榜。

一月，任《創世紀詩刊》主編。

九月，詩集《浮生紀事》由九歌出版社出版。

1993年 五月，《電影閱讀美學》由書林出版公司出版。

五月，主編《當代台灣文學評論大系文學理論卷》，由
正中書局出版。

七月，湯玉琦的碩士論文《詩人的自我與外在世界：論
洛夫、余光中、簡政珍的詩語言》發表。

1994年 五月，詩及詩論精選集《詩國光影》由大陸廣州花城出
版社出版。

九月，和瘂弦共同主編《創世紀四十週年紀念評論卷》。

1997年 五月，第七本詩集《意象風景》由台中市文化中心出版。

1998年 十月，主編《新世代詩人精選集》由書林出版公司出版。

1999年 二月，長詩〈失樂園〉刊登於《聯合文學》。

十二月，詩論集《詩心與詩學》由書林出版公司出版。

2002年 三月，《電影閱讀美學》增訂版由書林出版公司出版。

六月，《簡政珍短詩選》（中英文對照本）由香港銀河
出版社出版。

2003年 五月，第八本詩集《失樂園》由九歌出版社出版。

十一月，《放逐詩學——台灣放逐文學初探》由聯合文
學出版社出版。

2004年 一月，從中興大學外文系退休。

二月，任逢甲大學外文系教授。

三月，《音樂的美學風景》由揚智文化事業公司出版。

三月，長詩〈流水的歷史是雲的責任〉刊登於創世紀詩刊。

七月，《台灣現代詩美學》由揚智文化事業公司出版。

十月，長詩〈放逐與口水的年代〉刊登於創世紀詩刊。

2005年　七月，楊智鈞的碩士論文《敞亮存有的詩性——簡政珍詩研究》發表。

八月，任亞洲大學文理學院院長。

八月，廖悅琳的碩士論文《語言・意象・詩美學——簡政珍現代詩研究》發表。

2006年　六月，《電影閱讀美學》增訂三版由書林出版公司出版。

六月，宋螢昇的碩士論文《出入人生：詩與現實的磨合，以簡政珍、羅智成、陳克華為中心》發表。

十月，詩集《當鬧鐘與夢約會》由北京作家出版社出版。

十二月，詩論集《當代詩與後現代的雙重視野》由北京作家出版社出版。

2007年　三月八日至十一日，「兩岸中生代詩歌國際高層論壇暨簡政珍作品研討會」在北京師範大學珠海分校舉行。

六月，吳鑒益的碩士論文《現代詩從物象到意象的藝術——以簡政珍詩作為主》發表。

七月，張期達的碩士論文《不相稱的美學——以洛夫、簡政珍、陳克華詩語言為例》發表。

八月，王正良的博士論文《戰後台灣現代詩論研究》發表，其中第六章〈簡政珍詩論：意象思維〉專論簡政珍的詩論。

八月，轉任亞洲大學人文社會學院院長。

十二月七日，離開創世紀詩社。

2008年 六月，黃祺雅的碩士論文，《中文字在全像立體影像中辨識度研究》發　表，其中第四章〈視覺詩應用立體全像媒材創作計畫〉集中以簡政珍的詩例論述。

八月，詩集《放逐與口水的年代》由書林出版社出版。

十二月，由大陸張銘遠與傅天虹主編的《漢語新詩百年版圖上的中生代》大陸作家出版社出版，除有關中生代的論述外，並收錄論述簡政珍作品的論文二十餘篇。

2009年 六月，由吳思敬、簡政珍、傅天虹主編的《兩岸四地中生代詩選》由大陸作家出版社出版。這是華文界第一部兩岸中生代詩選。

六月，閔秋英的博士論文《台灣放逐詩歌與詩學1895-1987年》發表，其中第七章〈放逐的年代——時空與存有的辯證〉專論簡政珍的詩作。

2010年 一月，由文建會策劃，台灣文學發展基金會編製的「經典解碼〈文學作品讀法系列〉共十三冊出版，由十八位外文系學者撰寫，簡政珍負責撰寫第七冊《讀者反應閱讀法》與第八冊《解構閱讀法》。

三月，詩選集《因緣此生》，搭配法國名雕塑家竇加（Edgar Degas, 1834-1917）74件雕塑品，由亞洲大學三品書院出版。

五月，散文集《我們有如燭火》由聯合文學出版社出版。

八月，卸任亞洲大學人文社會學院院長，改聘為亞洲大學外文系講座教授。

2013年 五月，詩選集《所謂情詩》由「釀出版」出版。

閱讀大詩23　PG0984

 所謂情詩
　　——簡政珍詩集

作　　者	簡政珍
責任編輯	鄭伊庭
圖文排版	陳姿廷
封面設計	秦禎翊

出版策劃	釀出版
製作發行	秀威資訊科技股份有限公司
	114 台北市內湖區瑞光路76巷65號1樓
	電話：+886-2-2796-3638　傳真：+886-2-2796-1377
	服務信箱：service@showwe.com.tw
	http://www.showwe.com.tw
郵政劃撥	19563868　戶名：秀威資訊科技股份有限公司
展售門市	國家書店【松江門市】
	104 台北市中山區松江路209號1樓
	電話：+886-2-2518-0207　傳真：+886-2-2518-0778
網路訂購	秀威網路書店：http://www.bodbooks.com.tw
	國家網路書店：http://www.govbooks.com.tw
法律顧問	毛國樑　律師
總 經 銷	聯合發行股份有限公司
	231新北市新店區寶橋路235巷6弄6號4F
	電話：+886-2-2917-8022　傳真：+886-2-2915-6275

出版日期	2013年5月　BOD一版
定　　價	200元

國家圖書館出版品預行編目

所謂情詩：簡政珍詩集 / 簡政珍作. -- 一版. -
- 臺北市：釀出版, 2013.05
　　面；　公分
BOD版
ISBN　978-986-5871-49-9 (平裝)

851.486　　　　　　　　　102007319

讀者回函卡

感謝您購買本書,為提升服務品質,請填妥以下資料,將讀者回函卡直接寄
回或傳真本公司,收到您的寶貴意見後,我們會收藏記錄及檢討,謝謝!
如您需要了解本公司最新出版書目、購書優惠或企劃活動,歡迎您上網查詢
或下載相關資料:http:// www.showwe.com.tw

您購買的書名:_____

出生日期:_____年_____月_____日

學歷:□高中 (含) 以下　　□大專　　□研究所 (含) 以上

職業:□製造業　□金融業　□資訊業　□軍警　□傳播業　□自由業
　　　□服務業　□公務員　□教職　　□學生　□家管　　□其它_____

購書地點:□網路書店　□實體書店　□書展　□郵購　□贈閱　□其他

您從何得知本書的消息?

　　□網路書店　□實體書店　□網路搜尋　□電子報　□書訊　□雜誌

　　□傳播媒體　□親友推薦　□網站推薦　□部落格　□其他_____

您對本書的評價:(請填代號　1.非常滿意　2.滿意　3.尚可　4.再改進)

　　封面設計____　版面編排____　內容____　文╱譯筆____　價格____

讀完書後您覺得:

　　□很有收穫　□有收穫　□收穫不多　□沒收穫

對我們的建議:_____

_____

_____

_____

11466
台北市內湖區瑞光路 76 巷 65 號 1 樓
秀威資訊科技股份有限公司　　　收
BOD 數位出版事業部

....

（請沿線對折寄回，謝謝！）

姓　　名：＿＿＿＿＿＿＿＿　年齡：＿＿＿＿　性別：□女　□男

郵遞區號：□□□□□

地　　址：＿＿＿＿＿＿＿＿＿＿＿＿＿＿＿＿＿＿＿＿＿＿

聯絡電話：(日) ＿＿＿＿＿＿＿＿＿　(夜) ＿＿＿＿＿＿＿＿＿

E-mail：＿＿＿＿＿＿＿＿＿＿＿＿＿＿＿＿＿＿＿＿＿